你今天拉拉熊了嗎？

好像有人在的樣子
好像有人在的溫度
好像有人在的房間
不只是一個人的一天

各式各樣的一天
加上我的這一天

今天結束了

有些日子忐忑不安
有些時候不想獨處
這都是重要的時刻

理所當然
有大家相伴的今天

熊熊日曆

～拉拉熊的生活4～

拉拉熊和他周圍的人們

拉拉熊

還是老樣子，繼續過著追求美食、在亂七八糟的房間裡呼呼大睡的日子，但偶爾會因為小白熊的出現被打斷……
歐姆蛋包飯、煎餅加上布丁。
拉拉熊最愛蛋料理？！
目前正在傷腦筋，老舊不能再穿的人偶裝怎麼回收再利用。

小薰

在都市的公司上班，度過忙碌的每一天。
原本悠遊自在的獨身一人，不知何時變成一大家子。但是這也不是什麼壞事。
偶爾也想買個小甜點獨自悠哉享用，但對現在而言，幾乎已經是不可能的夢。
倒是如拉拉熊所願，歐姆蛋包飯現在做得特別好吃。

小黃雞

每天都忙著打掃、教導小白熊。
不過，偶爾在打掃時，也會有發現零錢的好事發生。所以每天都過得很開心。沮喪的時候，有拉拉熊的陪伴，不知不覺也釋懷了，雖然他本人完全沒感覺。
偶爾也會準備一些常備性食品。

小白熊

小白熊最愛搗蛋了。
太過分的時候，偶爾會招來小黃雞的白眼。
愛哭，記性又不好。
最重要的是小鴨的收音機。
玩過頭不小心就忘了要睡覺，常因此睡眠不足。

這本書的讀法

本書收錄拉拉熊懶懶的每一天
還有自言自語的每句話。

一頁一頁的看很有趣

也可閉上眼睛
隨意翻開自己喜歡的頁面
看看拉拉熊留給你什麼訊息。

時間繼續走著

睡覺的時候
糯米丸子
變硬了
布丁
冷掉了

睡一覺　重開機

呼嚕
一直在重開機…

慎重 慎重

呈大字型　深呼吸

呼～

能如己所願的
只有自己

呼嚕!!
該醒醒了!!

必要時　出點力

嗯～

上面　比較亮喔

在水裡也是

把握現在

無憂無慮
答答
答答
喀——

別人的心是別人的東西

不〻想吃了嗎
我要吃

從頭想想吧

當初到底為什麼吵架的呢？

只看外表 無法評斷

紅豆餅也是…
嗶ー

先深呼吸

幸福的青鳥…？
現在快受不了…

太急 會跌跤的

危險
危險

過猶不及

睡太多
呼嚕呼嚕
睡眠不足
嘰!!

試著說出來

要咬之前…
可以先說嗎？

選擇　可以多做幾次

我還是選這個好了…
什麼?
嗯嗯

辛苦了

凡事有好有壞

這個…很酷
但是應該很難洗
吧～…
呼ー…
很酷?!

任它風化

討厭的事
就交給天空吧~!!

限量的 瞬間

……難道不覺得太浪費時間了嗎？
……不不會……

勉強 該適可而止

累倒了
等於白忙!!

想像力　很重要

再具體一點…
咕嚕
今天又是什麼♫

責任已了

啊~……

心意滿滿

亂～～蓬蓬
啊……謝謝你……

不敢吃的東西　不吃也沒關係

我幫你吃吧
那是我最愛吃的!!

不強迫別人

早說過我不要的!!

咬著牙　撐到終點

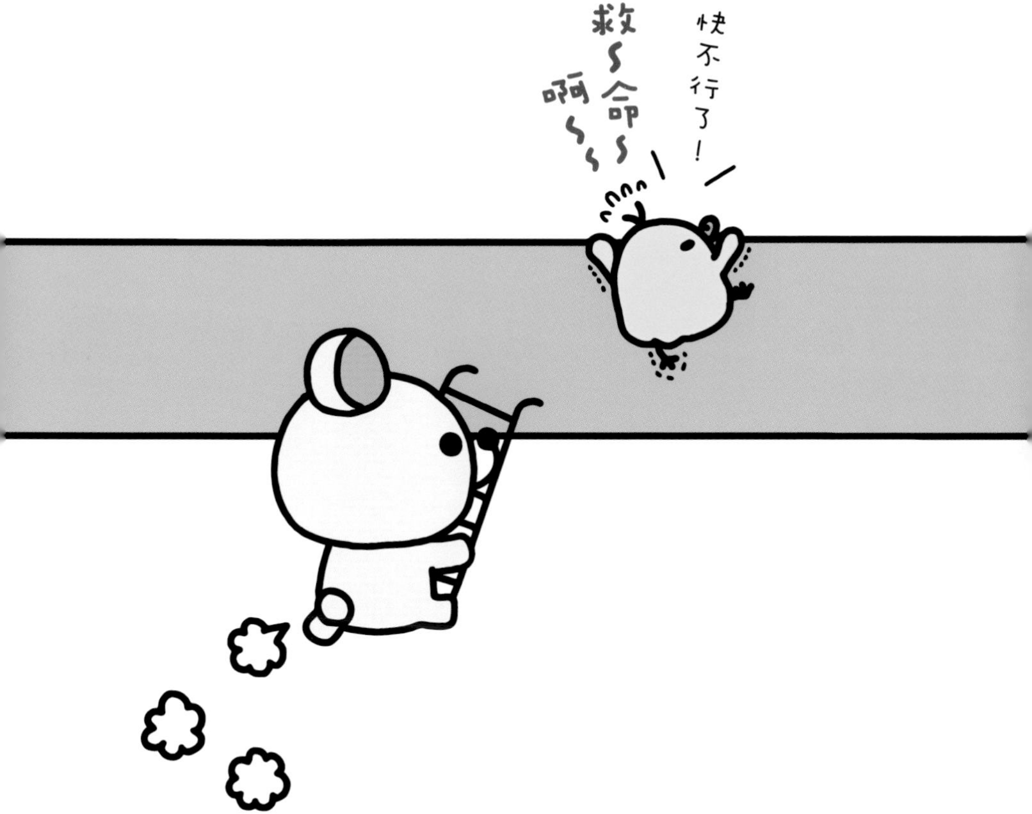
快不行了！
救～命～啊～～

相信 突如其來的直覺吧

會下雨喔!!
因為頭髮睡亂了

繞點路 很有趣喔

可以脱身喔

大家合力幫忙的話……
怎麼會掉到那個裡面去呢？

換個地方試試呢？

好像在露營♫
興奮

沒做什麼決定

睡不睡還沒決定呢⋯
是嗎⋯⋯？

有備無患

啪啦
雨天專用零~食
晴天也在吃不是嗎

被窩　正在呼喚我

怎麼了
那麼⋯
再睡一會吧
拖拖
拉拉
沒人在叫你

不呼吸　就無法前進

咕嚕

犯錯是必然的

太勉強
太勉強

舒暢快活

消除一天的疲勞……
呼
你累什麼呀

頭跟尾巴都藏起來吧

跑哪兒去了呢～……

一個人偷偷的享用幸福……
嗯嗯

心　加上一扇簾

看不見裡面
但是
很通風吧？

求助的勇氣

到底裝了什麼東西…
叩叩…

煮乾了 加水

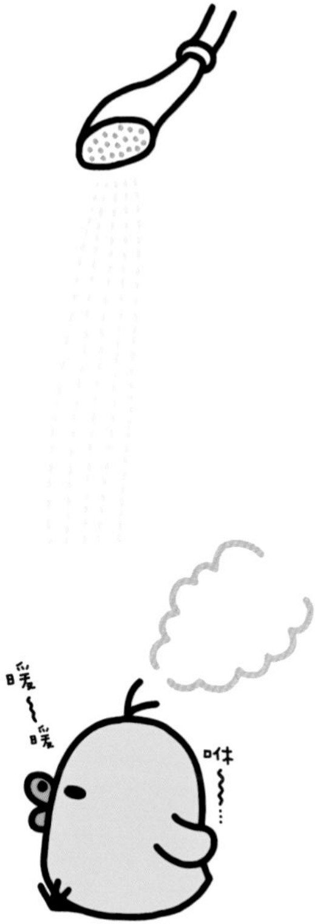

暖～暖
咻～～…

試著丟掉

沒有任何一樣東西是屬於我的
全是借來的

補回 一天份的時間

什麼
這是幾天份的髒亂

有些事　永遠無法成真

這…
這是
什麼願望…

跳跳跳！

有什麼好事發生嗎？

不需要太多

都握在手裡
沒辦法玩喔

想或不想　做

沒在想呢……
根本還沒開始!!

思考　偶爾為之即可

皺紋!!
皺紋!!

結果OK

喀滋
喀滋
新味道!!
意思是失敗了嗎…

一點一滴　大把大把

兩種
都不是…

發現意想不到的特技

好厲害
可以一口吃掉

傳達出來囉

射過來的視線……

基本最重要

首先是打蛋!!

乘著風吧

輕飄飄

嗯

接下來會越來越好吧

發生什麼事了？
悶

維修保安康

早點修理比較好唷

改變是避免不了的

動作快
鏘—
好可怕喔

噠噠噠

猶豫不決　就先放著吧

再擺一陣子應該會更好吃吧

暖洋洋　呼嚕呼嚕

感謝 3周年
謝謝
很快的拉拉熊已經3週年了
哇哇
全都靠大家一直以來的支持才有今天
回想3年前
最初只是從這麼小的一張貼紙開始
感謝…
最後連人偶都有了
收到許多來自大家的溫暖信息一直鼓勵著我
今後也請多多指教拉拉熊!!
多多關照

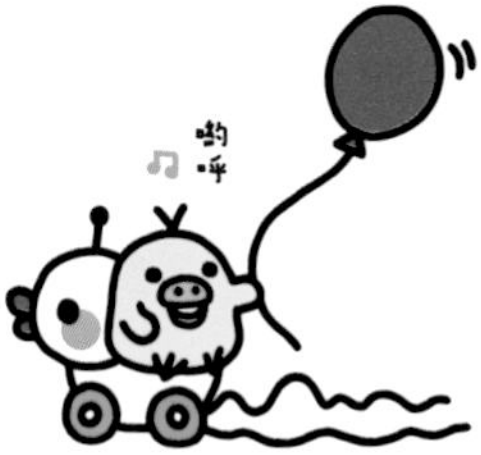

熊熊日曆～拉拉熊的生活 4～

作　者／AKI KONDO
翻　譯／高雅溎

總 編 輯／賈俊國
副總編輯／蘇士尹
編　　輯／高懿萩
行銷企畫／張莉滎・蕭羽猜
發 行 人／何飛鵬
法律顧問／元禾法律事務所　王子文律師
出　版／布克文化出版事業部
台北市民生東路二段141號8樓
電話：02-2500-7008　　傳真：02-2502-7676
Email：sbooker.service@cite.com.tw
發　行／英屬蓋曼群島商家庭傳媒股份有限公司城邦分公司
台北市中山區民生東路二段141號2樓
書虫客服服務專線：02-25007718；25007719
24小時傳真專線：02-25001990；25001991
劃撥帳號：19863813；戶名：書虫股份有限公司
讀者服務信箱：service@readingclub.com.tw
香港發行所／城邦（香港）出版集團有限公司
香港灣仔駱克道193號東超商業中心1樓
Email：hkcite@biznetvigator.com
馬新發行所／城邦（馬新）出版集團 Cité (M) Sdn. Bhd.
41, Jalan Radin Anum, Bandar Baru Sri Petaling,
57000 Kuala Lumpur, Malaysia.
電話：+603-90578822　　傳真：+603-90576622
印　刷／韋懋實業有限公司
二　版／2020年2月
售　價／280元

城邦讀書花園 www.cite.com.tw　布克文化 WWW.SBOOKER.COM.TW

哄～
睡太多了